A LOMO DE CUENTO
POR MÉXICO

COLECCIÓN A LOMO DE CUENTO

El Pájaro Verde

Sergio Andricaín
Antonio Orlando Rodríguez

ILUSTRADO POR ISRAEL BARRÓN

loqueleo

loqueleo

© De esta edición:
2019 by Vista Higher Learning, Inc.
500 Boylston Street, Suite 620.
Boston, MA 02116-3736
www.vistahigherlearning.com

www.loqueleo.com/us

© Texto del cuento: 2018, Sergio Andricaín y Antonio Orlando Rodríguez

Dirección Creativa: José A. Blanco
Editora General: Sharla Zwirek
Dirección Editorial: Isabel C. Mendoza
Dirección de Arte y Diseño: Ana Palmero Cáceres
Ilustración del cuento: Israel Barrón
Ilustración del mapa: Alejandro Villén
Texto informativo: Equipo editorial del Departamento de Libros Infantiles de Santillana USA

Loqueleo es un sello editorial del **Grupo Santillana**. Estas son sus sedes:
ARGENTINA, BOLIVIA, BRASIL, CHILE, COLOMBIA, COSTA RICA,
ECUADOR, EL SALVADOR, ESPAÑA, ESTADOS UNIDOS, GUATEMALA,
MÉXICO, PANAMÁ, PARAGUAY, PERÚ, PORTUGAL, PUERTO RICO,
REPÚBLICA DOMINICANA, URUGUAY Y VENEZUELA.

A lomo de cuento por México: El Pájaro Verde
ISBN: 978-1-68292-129-6

Published in the United States of America

Printed in the United States by Worzalla

1 2 3 4 5 6 7 8 WZ 23 22 21 20 19

El Pájaro Verde

—¡Eh! ¿Y quién eres tú? —exclamó un tucán, sorprendido.

De inmediato, todas las aves de aquel rincón de la selva mexicana observaron con curiosidad al pájaro de plumas verdes y mirada triste que estaba posado en una caoba.

En Tututepec, el Cerro de los Pájaros, nunca se había visto un ave como aquella. Por eso se le acercaron y le pidieron que les dijera cómo había llegado hasta allí.

El Pájaro Verde no se hizo de rogar y empezó a contarles su historia.

En realidad, hasta el día anterior él había sido un príncipe. Su nombre era Tidacuy y su padre era el gran rey de los mixtecos.

Desde tiempos remotos, los mixtecos y los chatinos habían sido pueblos enemigos. Pero, cansado de esa guerra interminable, a su padre se le había ocurrido una idea para que los reinos de Tututepec y Amialtepec se convirtieran en pueblos hermanos.

—¡Excelente! —exclamó una guacamaya—. Las guerras solo traen dolor y miseria.

El problema, según explicó el Pájaro Verde, era que la solución que se le había ocurrido al rey de los mixtecos era casarlo a él, su hijo, con la hija del rey de los chatinos.

—Buena idea —aprobó un halcón—. La boda será una alianza entre los dos pueblos.

—¡Pero yo desobedecí a mi padre! —se apresuró a aclarar el Pájaro Verde—. Me negué a casarme con la esposa que me había escogido y le expliqué que yo amaba a Itayuta, la hija de uno de sus más valientes guerreros.

El rey trató de convencerlo de que se casara con la princesa de los chatinos, pero Tidacuy le decía que no y que no, una y otra vez. Entonces su padre se enojó mucho, mandó a buscar a los mejores magos de Tututepec y les ordenó que, para castigar al príncipe, lo convirtieran en un ave.

Su deseo se cumplió al instante: el joven fue transformado en un pájaro de plumaje verde.

—Vete a vivir a la selva —le ordenó entonces el rey de los mixtecos a su hijo—. Si no te quisiste casar con la esposa que te escogí, tampoco lo harás con Itayuta.

Al conocer la historia del príncipe Tidacuy, las aves se compadecieron de él.

—Te damos la bienvenida a la selva —le dijeron—. A partir de ahora, puedes contar con nuestra amistad.

Y, para demostrárselo, lo ayudaron a construir un nido, le regalaron sabrosas frutas y le mostraron los manantiales de agua más cristalina.

Así pasaron los meses y, poco a poco, el Pájaro Verde se acostumbró a su nueva vida, aunque no podía olvidar a su adorada Itayuta.

~

Un día, el príncipe vio aparecer en la selva a su madre, la reina de Tututepec, acompañada por varios sirvientes que traían consigo un montón de vasijas de barro.

—Hijo mío, llevo varios días buscándote —exclamó la reina acariciándole las plumas—. Debes saber que tu padre ha muerto de repente. Es necesario que vuelvas al palacio para que seas el nuevo rey de los mixtecos.

—Madre mía, ¿crees que nuestro pueblo aceptará como rey a un pájaro verde? —contestó Tidacuy—. Primero los magos de Tututepec tendrían que convertirme en el hombre que era antes.

—Lamentablemente, eso no es tan fácil —respondió la reina y, señalando las vasijas que cargaban sus criados, añadió—: Para deshacer el hechizo hay que llenar trece vasijas de barro con lágrimas y otras trece con néctar de flores, y entregarlas como regalo a los dioses en el Templo Mayor. También hace falta confeccionar una gran alfombra de plumas, tan gigantesca que cubra toda la escalinata del templo. Por último, tienes que cumplir la voluntad de tu padre y casarte con la princesa de los chatinos.

Como las aves de la selva lo habían oído todo y querían ayudar a su amigo, le dijeron a la madre del Pájaro Verde que ellas se harían cargo de los regalos para los dioses.

Sin perder ni un minuto, tórtolas, alondras, sinsontes, jilgueros, azulejos, calandrias, tordos y otras aves empezaron a llorar y a llorar para llenar las trece vasijas con sus lágrimas.

Mientras tanto, cientos de colibríes volaban de un lado a otro de la selva en busca de flores para libar su néctar y depositarlo en las otras trece vasijas.

En cuanto a la alfombra, miles y miles de guacamayas,

tucanes, cardenales, garzas, urracas, carpinteros, halcones, águilas y otras aves de la región entregaron algunas de sus plumas más vistosas y se dieron a la tarea de tejerlas combinando sus tonalidades.

Cuando los regalos estuvieron listos, el Pájaro Verde, la reina, los sirvientes y las aves los trasladaron al Templo Mayor de Tututepec. Primero desplegaron la espléndida alfombra de plumas sobre la escalinata y luego colocaron en el altar las trece vasijas con lágrimas y las trece con néctar de flores.

—Amados dioses, el Pájaro Verde les trae estas ofrendas —dijo la reina—. ¡Ayúdenlo a convertirse de nuevo en el príncipe Tidacuy!

Pero, en ese momento, el Pájaro Verde la interrumpió y exclamó:

—Dioses de mi pueblo, con la ayuda de mis amigos de la selva he podido traerles estos regalos. Pero hay una petición que me resulta imposible cumplir. No puedo casarme con la princesa de los chatinos, porque sigo amando profundamente a Itayuta, la dueña de mi corazón.

Como premio por su sinceridad y por la firmeza de sus sentimientos, los dioses permitieron que Tidacuy recuperara su aspecto humano.

Justo en ese momento entró en el templo la hermosa Itayuta —a quien una cotorra había ido a buscar por encargo del Pájaro Verde— y la pareja celebró su boda. Todos en Tututepec bailaron y cantaron en honor del nuevo rey de los mixtecos. Las aves también participaron en la fiesta hasta que, tarde en la noche, se despidieron de su amigo Tidacuy y regresaron a su gran casa: la selva.

Tijuana

ESTADOS UNIDOS
DE AMÉRICA

Ciudad Juárez

Chihuahua

OCÉANO PACÍFICO

Zacatecas

León

Guadalajara

Puerto
Vallarta

El Pájaro Verde es una leyenda mexicana.

¿Qué sabes de México?
Exploremos este maravilloso país
montados en este cuento...

Monterrey

Linares

Golfo de México

Guanajuato

Querétaro

Morelia

CIUDAD
DE MÉXICO

Puebla

Oaxaca

Acapulco

Mérida

Cancún

BELICE

GUATEMALA

México es el quinto país más grande de América (con 758 450 millas cuadradas) y el país de habla hispana con mayor población (alrededor de 130 millones en el 2017). Su nombre oficial es República de México, está formado por 31 estados y su capital es Ciudad de México. Tiene fronteras con Estados Unidos, Guatemala y Belice.

En México, además del idioma español, se hablan 67 lenguas indígenas, muchas de ellas con diferentes variantes.

Calle de la ciudad de Oaxaca en la actualidad.

Oaxaca

El cuento *El Pájaro Verde* proviene de la tradición oral de Oaxaca, el quinto estado más grande de México. A Oaxaca solamente lo superan en extensión geográfica los estados de Chihuahua, Sonora, Coahuila y Durango.

Oaxaca tiene una gran diversidad étnica y lingüística, ya que en su territorio conviven 18 de los 64 grupos étnicos que existen en el país: mixtecos, zapotecos, triquis, mixes, chatinos, chinantecos, huaves, mazatecos, amuzgos, nahuas, zoques, chontales de Oaxaca, cuicatecos, ixcatecos, chocholtecos, tacuates, afromestizos de la costa chica y tzotziles.

Como recordarás, el padre de Tidacuy era el rey de los mixtecos.

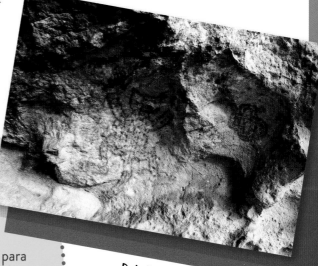

Detalle de las pinturas que hay en las cuevas de Yagul y Mitla.

¿SABÍAS QUE...?

En Oaxaca se encuentran las cuevas prehistóricas de Yagul y Mitla, declaradas Patrimonio de la Humanidad por la Organización de las Naciones Unidas para la Educación, la Ciencia y la Cultura (UNESCO). En las cavernas de esta región arqueológica se han encontrado restos de semillas de calabaza que tienen más de 10 mil años de antigüedad y que sirvieron de alimento a grupos seminómadas.

LA SELVA HÚMEDA

El escenario donde tiene lugar la leyenda es probablemente una selva húmeda ubicada en las faldas bajas de la Sierra Madre del Sur de Oaxaca. Las selvas húmedas son ecosistemas exuberantes donde llueve abundantemente todo el año, la temperatura es cálida y conviven una gran cantidad de especies de plantas y animales.

En la vegetación de esta selva húmeda predominan las palmas y los árboles de tamaños variados. Los más altos pueden llegar a medir 100 pies o más, como la caoba donde estaba posado el Pájaro Verde. Otros árboles comunes en estas selvas son la ceiba, el cedro rojo, la flor de corazón, el guapaque, el jobo y el molinillo. Sobre ellos crecen numerosas orquídeas, helechos, bromelias, musgos y líquenes. Entre los árboles de menor tamaño se encuentra el cacao, con cuyas semillas se fabrica el chocolate.

Árboles de la selva húmeda

22

Serpiente cascabel

Mono aullador

Coatí

La selva es el refugio de gran cantidad de mamíferos, como el mono araña, el mono aullador, el coatí, el oso hormiguero, el mapache, el armadillo, el jabalí, la musaraña, la nutria y el tapir, entre muchos otros. También habitan reptiles, como la tortuga casquito, la jicotea, la iguana, la boa, la serpiente cascabel, y varias especies de ranas, sapos y salamandras.

Entre las aves más vistosas se destacan el águila solitaria, la guacamaya roja, el hocofaisán, la pava cojolita, el perico verde, el tucán real, el tucán de collar y el zopilote rey.

Perico verde

¡Imagínate lo vistosa que debió quedar la alfombra de plumas que se confeccionó para los dioses usando las plumas de todas estas aves!

De las 98 455 millas cuadradas de selva húmeda que se estima había originalmente en México, en 2002 solo quedaban aproximadamente 17 000. Lo que más ha afectado las selvas es el cambio de uso del suelo para dedicarlo a la agricultura o a la ganadería y el cambio climático, que han creado condiciones más secas. Otra amenaza es la extracción desmedida de flora y fauna para el tráfico ilegal, lo cual afecta la capacidad del ecosistema para mantener su funcionamiento.

¡PLUMAS Y MÁS PLUMAS!

México es un país con una gran diversidad de aves. De las más de 10 000 especies de aves que existen en el mundo, en este país se encuentran 1096 (es decir, más del 10 por ciento). Oaxaca es el estado de México donde hay mayor cantidad de especies de aves.

Mexicanísimas
En México hay 100 especies de aves endémicas (es decir, que solamente viven en este país). Entre ellas están:
• El trogón orejón y el gorrión serrano, que se encuentran en los bosques de la Sierra Madre Occidental.
• El cardenal de bosque, la cotorra serrana, el tecolote tamaulipeco y la chara enana, que viven en la Sierra Madre Oriental.
• El papamoscas de flamas, que se localiza en la costa del océano Pacífico.
• La codorniz listada, que habita en la Depresión del Balsas.

Codorniz listada

Cotorra serrana

24

El colibrí

Sin duda, esta pequeña ave era la perfecta para la tarea de recopilar suficiente néctar para llenar trece vasijas en corto tiempo. Su pico es fino y agudo, puede volar hacia adelante, atrás o hacia los lados, y es capaz de mover las alas 74 veces por segundo. En México viven alrededor de 50 especies de colibríes.

Los antiguos mexicanos lo llamaban *huitzitzilin*.

Y hablando de flores...

La dalia es la flor nacional de México. Desde los tiempos del antiguo imperio azteca ya esta flor era cultivada y admirada por su belleza. En México se encuentran más de 18 000 especies de plantas que dan flores.

¿SABES CUÁL ES LA FLOR NACIONAL DE MÉXICO?

La dalia.

La dalia

La ciudad de Tututepec, donde vivían el príncipe Tidacuy y sus padres, fue fundada en el siglo XI y era la capital política del imperio mixteco, uno de los reinos más poderosos de México en aquellos tiempos. Tututepec fue conquistada por los españoles en 1522.

No se sabe cómo era el Templo Mayor de Tututepec, donde, en el cuento, se hace entrega de la ofrenda a los dioses. Seguramente era tan grande y majestuoso como otras construcciones religiosas de los antiguos mexicanos, varias de las cuales todavía se conservan. Algunas de las más impresionantes son: el Templo de Quetzalcóatl, o Serpiente Emplumada (en Teotihuacan, estado de México); el Templo de Tlahuizcalpantecuhtli, o Señor de la Estrella del Alba (en Tula, Hidalgo); el Edificio de los Cinco Pisos (en Etzná, Campeche), la Pirámide del Adivino, dedicada a Chaac, el dios maya de la lluvia, en Uxmal (en Santa Elena, Yucatán) y el Templo de Kukulcán en Chichén Itzá (en Tinum, Yucatán). Kukulcán también se representaba con una serpiente emplumada. Era la versión maya del dios que los aztecas llamaban Quetzalcóatl.

Templo de
Tlahuizcalpantecuhtli

¡En México hay más de 37 000 sitios arqueológicos!
No todos están abiertos al público, pero sí una buena parte de
ellos. México es un verdadero paraíso si te encanta aprender
sobre la manera en que vivía la gente
hace cientos o incluso miles de años...
El valle de Oaxaca, donde nació la
historia del Pájaro Verde, es una
de la zonas con mayor cantidad de
ruinas antiguas descubiertas.

Edificio de los Cinco Pisos

Templo de Kukulcán

¡QUÉ RICAS LAS GLORIAS!

Entre los dulces típicos más sabrosos de México están las glorias, originales de la ciudad de Linares, en Nuevo León. ¡Unas glorias seguro les hubieran fascinado a los dioses mixtecos! Y no hubieran costado tanto trabajo como llenar aquellas vasijas de barro o confeccionar la alfombra de plumas... ¿Te animas a prepararlas en la cocina de tu casa con la ayuda de mamá o papá?

PARA HACER LAS GLORIAS
SE NECESITAN ESTOS INGREDIENTES:
4 TAZAS DE LECHE DE CABRA (O DE VACA)
2 1/2 TAZAS DE AZÚCAR
3 CUCHARADAS DE VAINILLA
3 CUCHARADAS DE JARABE DE MAÍZ
1 TAZA DE NUEZ PICADA
1/2 CUCHARADITA DE BICARBONATO

Todos los ingredientes, menos el bicarbonato y la nuez, se colocan en una olla grande, a fuego medio. Al primer hervor, se añade el bicarbonato, se baja el fuego y se cocina sin dejar de revolver con una cuchara de madera, hasta que la mezcla se espese bien y se le vea el fondo a la olla. Después, se retira del fuego y se deja enfriar. Entonces se añade la nuez picada y con las manos enharinadas se hacen bolitas de tamaño mediano que se envuelven en papel de celofán.

¡BUEN PROVECHO!

COPLAS MEXICANAS

Cuando tomo la guitarra
y la atravieso en mis brazos,
enseguida me parece
que se acaban mis trabajos.

Amapolita morada
de los llanos de Tepic,
si no estás enamorada,
enamórate de mí.

¡Ay, ay, Veracruz hermoso!,
nunca te podré olvidar
por ser tus playas lejanas
un encanto sin igual.

GLOSARIO

alianza: Parentesco que se adquiere por casamiento. Pacto, amistad.

altar: Lugar elevado donde se realizan ritos religiosos.

endémico: Se aplica a especies animales y vegetales originarios de una región específica.

étnico: Que tiene relación con una etnia (grupo de personas que comparten un mismo idioma, una religión, una cultura y un origen propios).

libar: Chupar el líquido dulce, que tienen por dentro las flores.

lingüística: Que tiene relación con lenguas o idiomas.

manantial: Lugar donde brota agua de la tierra de forma natural. También, el agua que sale de ese lugar.

ofrenda: Regalo que se ofrece a dioses o seres sobrenaturales para pedir ayuda.

Patrimonio de la Humanidad: Obras monumentales y espacios naturales que, por su importancia histórica, artística o biológica, son considerados un bien para todos los habitantes de la Tierra.

remoto: Que está distante o lejano en el tiempo o el espacio.

seminómada: Persona o pueblo que se instala temporalmente en un sitio para cultivar la tierra y luego se desplaza a otros lugares para cazar o criar animales.

sitio arqueológico: Lugar donde se han encontrado utensilios o edificios de la antigüedad y donde los científicos hacen excavaciones y estudios para aprender sobre las personas que allí vivían.

tradición oral: Conocimientos, costumbres, creencias y obras que se transmiten de una generación a otra a través de la palabra hablada.

CRÉDITOS FOTOGRÁFICOS

Páginas 20–21
Oaxaca en la actualidad, de Eduardo Robles Pacheco/Flickr
Las pinturas rupestres, de Yagul y Mitla de © UNESCO/Conaculta INAH/Servicio de Prensa de UNESCO

Páginas 22–23
Selva húmeda 1, de Stokpic/Pixabay
Selva húmeda 2, de Liam Phillips/Pixabay
Serpiente cascabel, de Ana Meister/Pixabay
Coatí, de Marcel Langthim/Pixel-mixer/Pixabay
Perico verde, de Darvin Santos/Pixabay
Mono aullador, de Tomblindspot/Pixabay

Páginas 24–25
Codorniz listada, de PublicDomainImages/Pixabay
Cotorra serrana, de Monkey Business/Alamy
Dalia, de AnnaER/Pixabay

Páginas 26–27
Templo de Tlahuizcalpantecuhtli, de Natalia Lukiianova/Alamy
Edificio de los cinco pisos, de Víctor Manuel Vélez Morales/Pixabay
Templo de Kukulkán, de Walkerssk/Pixabay

Página 29
Imprenta de comienzos del siglo XIX, de Musée des Familles de France

¿Te gustó este viaje a México?

¡Con **A LOMO DE CUENTO**
puedes conocer lugares increíbles!

COLECCIÓN A LOMO DE CUENTO